그러니까
지금 여기 계신 분들은
모두 쓰레기란 말입니다

직장 빌런 총집합! 현실공감 에세이

트래쉬맨 옮김　조예리, 권하빈 지음

동양북스

안녕하세요, 회사의 노예 Trashman입니다.

2019년, 극도로 심해진 업무 스트레스로 인해 해소할 곳이 필요했던 시기. 도저히 참을 수 없었던 어느 날, 사장님과 동료는 물론 클라이언트까지 상대를 가리지 않고 욕하는, 때로는 셀프디스까지 하는 Facebook Page를 만들었죠. 사장님과 동료들에게 들킬까 봐 두려웠던 한편, 생각지도 못하게 이 세상에 나와 같은 존재들, 그러니까 바로 여러분이 나타났습니다. 점점 많아지는 반응을 보면서 '나는 혼자가 아니었구나!'라는 사실을 깨달았습니다. 이런 마음에서 시작되어 2022년, Trashman도 세 돌을 맞이하게 되었고 여러분과 기념하고자 이 책을 내게 되었습니다. 하지만 단순한 모음집은 아니니 걱정하지 마세요. 여러분이 그동안 봐왔던 Trashman 외에도, 제 개인적인 하소연과 직접 경험한 썰들도 준비했습니다.

누군가 이런 질문을 한 적이 있어요. 인터넷상에선 회사와 사장님 욕을 그렇게 해대면서, 정작 회사에선 노예근성으로 열심히 일하는 게 부끄럽지 않냐고. 네, 부끄럽지 않습니다! 저는 Trashman인 저의 모습도, 회사에서 노예처럼 일하는 저의 모습도 자랑스럽습니다. 저는 최선을 다해 일을 했고 그에 상응하는 보수를 받았습니다. 사장님을 죽일 필요도 동료를 없앨 필요도 없었으며 그저 온라인에서 나와 같은 사람들이 스트레스를 해소하는 창구를 마련했을 뿐이죠. 입으로는 절대 회사의 노예가 되지 않겠다더니 결국 회사의 '개'가 된 이들보다는 그래도 Trashman이 낫지 않나요?

제가 온갖 심한 말로 사장님을 저주하고 동료들을 욕하는 모습이 불편하다는 사람도 있었습니다… 뭔가 오해가 있는 것 같아요. Trashman은 이 글을 쓰기 시작한 첫날부터 이미지 따위는 생각하지 않았고 앞으로도 변할 생각도 없습니다. 그러니 만약 여기까지 읽고 불편함을 느끼신 분들이 있다면 얼른 책을 덮으시길 바랍니다.

학창 시절 아르바이트 할 때부터 정식으로 사회에 나와 취직할 때까지 일터를 자주 바꾼 편은 아니었는데도, 또라이들은 참 다양하게도 만난 것 같아요. 못해도 한 트럭은 될 텐데, 운이 좋은 건지 나쁜 건진 모르겠네요(그들이 있었기에 지금의 Trashman이 존재하니까요!).

세상에는 제가 겪었던 사람들 외에도 훨씬 더 많은 바퀴벌레 같은 인간들이 존재할 겁니다. 그래서 저는 이 책이 이제 사회에 막 진출하는 여러분에게, 혹은 이미 똥 밭에서 구르고 있는 여러분에게 공감이 되길 바라봅니다. 좀 더 욕심부리자면 이 글을 통해 조금이나마 위안을 얻거나 궁금증이 풀

리길 바랍니다. 그거면 됐습니다.

한 가지 부탁이 있다면, 이 책을 그저 유쾌하고 귀여운 그림책으로 생각하지 말아 주세요. 사회는 절대 귀엽지도 않고 유쾌하지도 않거든요. 매우 매우 잔인하답니다!

머리말　　003

목
차

CHAPTER 3

CHAPTER 4

CHAPTER 5

직장 명심보감

CHAPTER
1

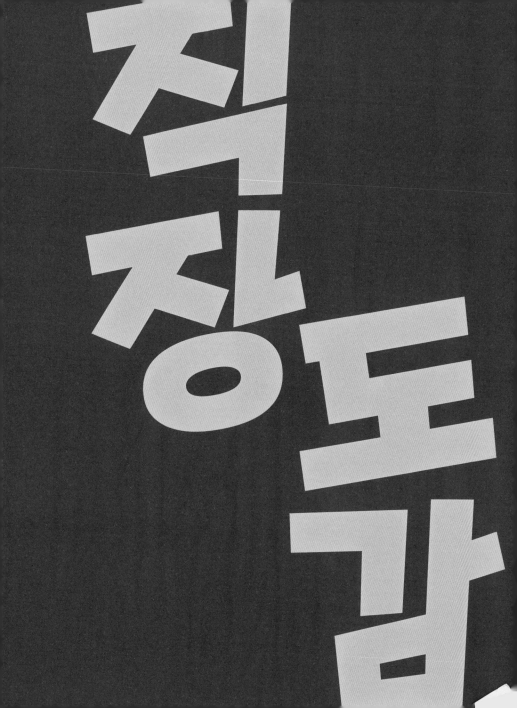

보살 사장

보살 사장

때가 되면 발주가 들어올 것이고
때가 되면 대금이 지급될 것이다.
때가 되면 아이디가 생겨날 것이고
때가 되면 행사가 끝나 있을 것이다.
회사 경영관리엔 '무념무상'
그저 회사가 돌아가기만 하면, 숫자가 나오기만 하면 그만.

혹시 이런 사장님과 일해본 적이 있는가?
입사부터 퇴사까지 많이 만나야 5번.
연례행사나 보너스 줄 때만 모습을 드러내고
항상 미소를 지으며 말을 아끼고, 화를 내지도 욕을 하지도 않는
그야말로 '살아있는 부처'.

나도 한때는 이런 사장님이라면 여기에 뼈를 묻어도 되겠다고 생각했다.
그러나 '보살'에게는 치명적인 단점이 있다.
바로 '정말' 아무것도 묻지 않고, 아무것도 상관하지 않는다는 것이다.
그러다 보니 일 안 하는 임원이 많아지고 말단 직원들만 죽어난다.
야근은 물론이고 주말도 없이 일해야 하며
직장 내 괴롭힘을 당해도 어디 호소할 곳조차 없다.
그러니 혹시 이런 사장님을 만나게 되면 절대 섣불리 기뻐하지 말자.

썩은물

기분 좋을 땐 머리 쓰담쓰담.

기분 나쁠 땐 육두문자.

하루에도 수십 번 바뀌는 기분.

어디 아픈 거면 제발 병원을 가!

어느 정도 자리 잡힌 회사에서 악덕 팀장보다

더 최악이고 더 성가신 부류가 바로 고인물을 넘은 '썩은물'이다.

썩은물은 틈만 나면 호랑이 담배 피우던 시절의 창업 이야기를 해댄다.

"라떼는 어쩌고저쩌고… 만약 내가 없었으면 어쩌고저쩌고…

지금 회사가 어쩌고저쩌고…" 귀에서 피가 날 지경이다.

그러나 사장님이 대우해 주니 아무도 이들을 건드리지 못한다.

썩은물은 일을 안 한 지 오래되었기 때문에

생각이나 행동이 굉장히 올드하다.

그러면서 시도 때도 없이 자신의 '물경력'을 들이밀며

젊은 직원들에게 훈수를 두려 한다.

썩은물은 하루하루 경력이 자동으로 늘어나기 때문에

날이 갈수록 더 심한 악취를 풍기며 제 기능을 잃어간다.

뭣도 아니면서 사장행세 하는 게 정말이지 꼴값이 따로 없다!

얼굴 마당쇠

하루 평균 화장실에서 보내는 시간만 3시간.

휴일 당직 정할 때는 늘 집안에 일이 생긴다.

커피 한 잔 사 오는 데도 세월아 네월아.

평범한 직장인은 하루에 8시간 일하고 1시간을 쉬지만

'월급 루팡'은 8시간을 쉬고 1시간만 일한다.

이 얼마나 행복하고 이상적인 근무 환경인가!

하지만 만약 이런 월급 루팡이 당신 옆자리에서 같은 시간에 출근하고,

같은 월급과 보너스를 받는다면(심지어 더 받을 수도…),

그래도 웃는 얼굴로 그들을 대할 수 있을까? 그렇다면 리스펙!

그러나 월급 루팡도 아무나 할 수 없다. 이 또한 전문성이 필요하기 때문이다.

자리에서 몰래 핸드폰 하는 건 초짜!

키보드를 두드리며 세상 바쁜 척하는 동시에 걸려 온 전화도 받아가며 전문가 포스를 풍기는 게 고수!

하지만 사실은 페이스북을 하거나 넷플릭스를 보고 있는 경우가 허다하다.

그들의 전화는 울린 적도 없었고 수화기 너머엔 당연히 아무도 없다.

그렇다. 월급 루팡은 뛰어난 '연기력'을 갖춰야 할 수 있다.

나도 한때는 월급 루팡이 되고 싶었지만, 막상 철판을 깔고 하자니

그럴 성격이 못 되어서 그저 부러울 뿐이다.

노견감성

노예근성

"살아서도 죽어서도 이 한 몸 회사를 위해 바치겠습니다!"

어느 회사에 가든 이런 부류는 반드시 있다.
수고를 마다하지 않고, 불합리한 요구와 말도 안 되는 야근 강요에
무조건 협조하는 사람.
네거티브한 느낌이 물씬 풍기는 '노예근성'이란 단어와
너무나도 잘 어울리는 부류.
이들은 불확실한 보너스를 위해, 보이지 않는 미래 비전을 위해,
기꺼이 사장님의 충견이 되고자 한다.

노예근성이 심한 이들은 밤 10시 전엔 퇴근하는 법을 모르고
아침 7시 전에 다시 회사에 나타난다.
함수를 몰라 엑셀을 다룰 수 없어도, 업무를 수행하기 위해
오늘도 볼펜으로 종이에 표를 그려가며 계산기를 두드린다.

상사가 휴일에 출근하라고 하면 얼마든지 하고
보고서를 다시 쓰라고 하면 몇 번이고 다시 쓰며
인생의 절반을, 청춘의 전부를 회사에 바친다.
그렇다고 섣불리 이들을 비웃지는 말아야 한다.
퇴사를 입에 달고 살면서 정작 사표를 못 낸 우리도
어쩌면 어느 정도의 노예근성이 길러진 게 아닐까?

넘치는 자회초녀생

넌씨눈 사회초년생

기나긴 학창 시절을 마치고 드디어 취직한 사회초년생.

세상 물정에 어둡고 사회생활도 미숙해 늘 사고를 치는 사회초년생.

"안녕하세요. XXX입니다. 성격이 직선적이고 솔직한 편입니다. 앞으로 잘 부탁드립니다!" 이런 자기소개를 들으면 항상 등골이 서늘해진다. 생각 없이 말하는 걸 '솔직하다', '꾸밈이 없다', '털털하다'라는 말로 포장하는 경우를 많이 봐왔기 때문이다.

기본적인 분위기 파악조차 할 줄 모르는 이들을 보고 있으면 '회사 밖에서는 정말 친구가 있을까?'라는 의심이 들 정도다.

혹시 '사회초년생이 그럴 수도 있지, 풋풋하고 보기 좋네'라고 생각하는가?

넌씨눈으로 피해 본 적이 없다면 그럴 수도 있다.

매우 보수적인 회사에서 일하는 친구가 해준 이야기다.

어느 날 신입 한 명이 들어왔는데

첫째 날에는 사장님과 비서의 불륜을 폭로하고

둘째 날에는 실수로 타 부서 동료를 아웃팅시키고

셋째 날에는 무례한 말로 클라이언트를 화나게 하고

넷째 날에는 초고속 해고당했다.

폭풍이 지나간 자리처럼 그는 사무실을 떠났지만, 똥은 누가 치우나?

눈치 없는 것도 정도가 있고 가볍게 넘길 수준이 있는가 하면,

돌이킬 수 없는 강을 건너게 하는 수준도 있다.

021

문제가 생기면 왜 리마인드 안 해줬냐고 선수 치기.
사장님이 자리를 비우면 곧바로 드러누워 하루 종일 농땡이 피우기.
회사에서 절대 손해 안 보는 이들이 바로 '고인물'이다.

내가 생각했던 고인물은 회사에서 일은 안 하고 매일 빈둥빈둥 놀면서 꿀이나 빠는 사람들이었다. 그러다 세월이 흘러 나도 고인물이 되고 나서야 알았다. 고인물도 나름 일을 좀 한다는 사실을. 사장님과 함께 회사를 키운 '업적'은 없으니 썩은물까지는 아니지만, 경력으로만 보면 회사에서 손에 꼽히는 베테랑이다.

저지른 실수보다는 기여한 부분이 더 많고, 누구보다 사장님이 몇 시에 사무실로 돌아오는지, 몇 시부터 바쁜 척을 해야 하는지, 언제 엎드려 자도 되는지를 가장 잘 아는 사람들이다.

고인물은 신입을 괴롭히지 않는다. 관심이 없기 때문이다. 심지어 이름조차도 기억하지 못한다. 세상에서 가장 귀찮은 일이 신입을 가르치는 일이라 생각하고, 그저 아무도 자기를 찾지 않았으면 한다.

직장생활 만렙. 바로 이 고인물들이다.

늘구렁이 상사

능구렁이 상사

직원들 앞에서는 "문제 생기면 내가 책임질게!"라며 저세상 멋있는 척,
사장님 앞에서는 "역시 사장님은 현명하십니다! 사장님 최고! 사장님 만
세!"라며 저세상 아부를 떤다.

이런 입만 산 능구렁이 상사들은 고객이나 동료 앞에서는 세상 겸손한 척,
예의 바른 척 하고 사람들과 형, 동생 하며 친하게 지낸다.
부탁이 있을 때는 끈질기게 물고 늘어지는가 하면,
특별한 일이 없어도 사무실을 휘젓고 다니며 인싸 중의 인싸로 거듭난다.

그리고 사장님 앞에선 있는 힘껏 똥꼬를 빨아댄다.
"사장님의 단점은 머리부터 발끝까지 눈 씻고도 찾아볼 수 없습니다!"
"사장님이 있기에 오늘의 제가 있는 겁니다!"
성가시고 밉상이긴 하지만 어찌 보면 필요악 같은 존재다.
느끼한 만큼 윤활제의 역할도 톡톡히 하니까 말이다.
그들이 없으면 사장님 기분은 누가 맞춰주고,
기획안은 어찌 쉽게 통과되겠는가.

역시… 역겨울수록 사회가 더 좋아한다.

퍼덕기기 선수

떠넘기기 선수

"제 업무가 아닌데요~", "XX 씨가 훨씬 더 잘할 걸요~"
일 한 번 맡기기가 하늘의 별 따기보다 어려운 사람.
부탁할 바엔 차라리 내가 하는 게 빠르다.

일을 하는 건 게으름과의 싸움이고, 일을 떠넘기는 건 수치심과의 싸움이다.
같은 사무실에서도 누구는 바쁘고, 누구는 한가하다.
왜 일이 항상 나에게만 몰리냐고?
'그들'은 그 일을 배운 적 없고, 할 줄 모르고, 잘하지 못하기 때문이다…
이유야 만들려면 얼마든지 만들 수 있으니, 철판을 깔 수 있는지가 관건이
다. 피 토할 때까지 바쁘게 일을 하다 보면 어느새 나는 또 야근을 하고 있
고, 옆자리는 또 비어 있다. 그제야 깨닫는다.
남에게 떠넘기기를 잘하는 사람이야말로 인생의 Winner다.

이 밖에도 문제가 생기면 바로 발뺌하는 '책임 전가형'이 있다.

"제가 한 거 아니에요~ 저는 사인만 했어요!"
"왜 저에게 미리 노티 안 해줬어요? 확인하셨어야죠!"
"저는 정말 결백해요, 절대 제 잘못은 아닙니다!"

떠넘기는 것도 능력이다. 물 흐르듯 자연스럽게 하는 사람이 있는가 하면,
누가 봐도 티가 나서 욕먹는 사람도 있다.

붕어

프로젝트 마감은 어김없이 어기고, 회의 시간은 어김없이 잘못 기억하고, 보고서 파일은 어김없이 사라지고, 첨부 파일은 어김없이 누락되고, 클라우드 데이터는 어김없이 지워진다.

회사를 대표하여 고객과 파트너를 상대하는 사람은 회사의 얼굴마담이다. 회사 내부 일이면 몰라도 대외 업무를 보는 사람이 멍청하면 그야말로 회사 망신이다.

한번은 내용이 '매우 심플한' 미팅 제안 메일을 받아서 아직 감이 없었던 나는 흔쾌히 승낙했다.

약속 시간이 지났는데도 상대가 나타나지 않자 몇 번이나 전화를 걸었는데 받지 않았고, 사기인 줄 알고 포기하려 할 때 문자 한 통이 날아왔다!

자기가 시간을 잘못 기억했다며 미팅 날짜를 바꾸자는 내용의 얼렁뚱땅 넘어가려는 의도가 다분한 문자였다. 믿을 수 없지만 전화가 아닌 문자 한 통이었다!

문자는 글자 수 제한이 있는 요금제를 쓰는지, 사과도 생략되었다.

나는 그 자리에서 이 업체와의 거래를 없었던 일로 하고, 의심 없이 미팅 제안을 승낙한 나의 실수를 반성했다. '자라 보고 놀란 가슴 솥뚜껑 보고 놀란다'는 속담이 있듯이, 그 후로 나는 '피해망상'에 걸려 상대방 메일의 워딩을 신경 쓰게 되었다. 심지어 상대방의 성격, 말투, 캐릭터까지 상상해가면서 말이다. 돌이켜 보니 이런 좋은 습관을 갖게 된 것도 다 그때 그 붕어덕분이니, 이 자리를 빌려 감사하다고 전하고 싶다!

무지성 클라이언트

무지성 클라이언트

속도는 더 빠르게! 가격은 더 싸게! 품질은 더 좋게!

꼬우면 관두던가, 어차피 너네 같은 회사는 널리고 널렸어!

예의는 밥 말아 먹고,

아직도 고객이 왕이라는 마인드로 갑질하는 클라이언트.

사장님이 제멋대로인 아이라면

클라이언트는 갓 태어난 아기에 가깝다. 무지성 그 자체.

기술? 프로세스? 예산?

내 알 바 아니고 돈을 받았으니 내가 원하는 대로 해!

아침에 요구한 기획안 퇴근 전에 완성할 수 있지?

예산이 부족하니까 반값으로 가능하지?

3D 일러스트 정도는 대충 하면 나오지?

우리는 고객의 무지성을 탓해서도 안 되고,

바로 잡을 수도 없다. 이 사회가 그렇게 가르친다.

그저 묵묵히 피를 토하며 이 시련을 참고 견뎌야 할 뿐이다.

회의할 때는 미친 듯이 받아 적고, 토론할 때는 거침없이 의견을 낸다.
그것도 모자라 단톡에 이런저런 정보를 쏟아낸다.
하지만 2주 후에 완성된 보고서를 보면 기존 보고서와 다를 게 없다.
지금 나랑 틀린 그림 찾기 하자는 건가?

알아듣는 척하고 있지만 사실은 머리가 텅텅!
뭐든 열심히 하려는 마인드는 좋으나 의욕만 앞서는 타입이라면 곤란하다.
열정은 열정일 뿐, 결과로 이어지지 않으면 의미가 없다.
특히 받아 적기만 하고 본인 것으로 소화하지 않는다면
기껏해야 회의록 정도의 가치만 있을 뿐이다.

'알아듣는 척'하는 척쟁이 말고도 '듣는 척'하는 척쟁이가 있다.
이들은 회의할 때 연신 고개를 끄덕이며 사람들 의견에 동조하고 가끔가다
"맞아요", "저도 그렇게 생각해요"라며 한두 마디를 거든다.
하지만 회의가 끝난 후 여전히 변화 없는 그들의 업무 진도를 보고 나서야
방금 했던 회의는 결국 '나만의 회의'였다는 사실을 깨닫는다.
이들은 그저 한 귀로 듣고 한 귀로 흘리는 분위기 메이커였을 뿐이다.

소문에 해외 명문대를 졸업하고 매달 해외를 제집 드나들 듯 다닌다는 동료가 있었다. 갑자기 국내에서도 일을 해보고 싶다며 입사했는데, 번지르르한 겉모습과는 다르게 업무에 대해 아는 것이 아무것도 없다. 그저 해외물 좀 먹은 빡통일 뿐이다.

말끝마다 초등학생 수준의 영어 단어 한두 개를 섞어 쓰는데 사람들이 자기가 외국물 먹은 '고급 혈통'이라는 사실을 잊을까 봐 저러는 게 분명하다. 뇌가 사대주의에 절여져 허구한 날 '이래서 국내는 어쩌네 저쩌네' 볼멘소리를 늘어놓는다. 본인은 외국에서 배운 '우월한' 마인드를 바꿀 생각이 없다며 절대로 우리나라의 '저열한' 회사 문화에 물들지 않겠다고 한다. 즉 '그건 내 일이 아니니까, 난 신경 쓰지 않겠다'는 뜻이다. 혹시 시민권이라도 있나 물어봤는데, 알고 보니 그저 Working Holiday로 1년 외국물에 발만 살짝 담갔다 온 것뿐이다.

You는 그렇게 외쿡이랑 잘 맞으면,
Why 그냥 외국에 STAY 하시지,
COME BACK 하기에 Very 아깝잖아.

화장실

화장실

점심도 같이 먹고, 화장실도 같이 가는 생명 공동체.

내가 싫어하는 사람은 너도 싫어해야 하고,

내가 반대하는 사안은 너도 반대해야 하는 우리는 한편.

회사의 이익보다 우리 편 이익이 우선되어야 하며,

우리 편 일은 회사의 일이지만, 남의 편 일은 우리 일이 아니다.

"XXX 말이야, 사장님이랑 뭐 있는 것 같지 않아?"

"이번에 새로 들어온 XXX 진짜 못생기지 않았어?"

"XXX가 올린 제안서 또 통과됐대, 뭔가 냄새 나지 않아?"

회사는 뭘 가르치는 곳이 아니기 때문에 학교와 다르다고 하지만

회사는 학교와 비슷한 부분이 참 많다.

무리 지어 다니는 모습도, 다른 무리를 미워하고 배척하는 모습도.

뒷담화를 안 하고 다 같이 좋게 좋게 지내면 입안에 가시라도 돋는지…

"팀장님 짜증 나니까 같이 팀장님 욕이나 해요."

"이번 신입 너무 멍청하지 않아요? 앞으로 걔 빼고 놀죠."

화장실이 뒷담화의 메카인 시대는 지났다.

이제는 바로 옆자리에 앉아서 무표정으로 일하는 척하며

단톡으로 신랄하게 뒷담화하는 시대가 왔다.

엄마 아빠

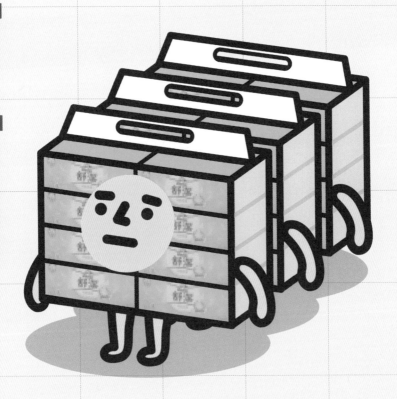

엄마 파워

공동 구매! 할인 쿠폰! 가성비 생필품! 필요하면 그녀를 찾아가라!

일을 적당히만 해도, 그녀와 좋은 관계를 유지한다면

회사 생활도 순탄할 것이다. 역시 '엄마'가 최고!

어느 회사든 이런 '엄마' 같은 존재가 있다.

이들은 승진에도 욕심이 없고, 연봉 인상에도 관심이 없다.

그저 모두를 자식처럼 챙겨주고 그 자식들이 잘되면 그걸로 족하다.

집에 과일이 많다 싶으면 회사에 가져와 나눔을 한다. (심지어 직접 깎아서 준다.)

오후에 좀 심심하다 싶으면 핫딜 공구 팸을 모은다.

주말에 가족 여행을 가도 잊지 않고 동료들에게 줄 기념품을 사 온다.

회사가 이리 사랑이 넘치니, 여기가 회산지 집인지 헷갈릴 정도다.

그렇다고 이들을 무시해서는 안 된다.

업무 능력이 최고는 아닐지언정, 중간 이상은 간다.

특히 일 처리가 매우 빠르다.

오후에 핫딜을 잡아야 하기 때문이다!

담쟁이

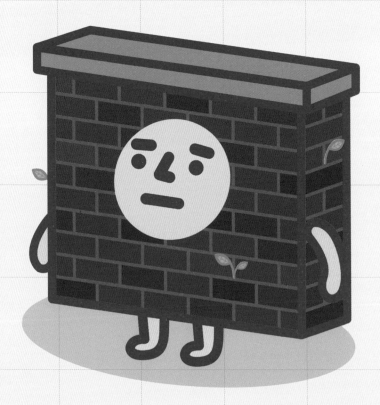

병풍

미안한데… 누구? 존재감은 제로, 세상만사엔 무관심!

좋은 일이든 나쁜 일이든 절대 연루될 일이 없는 병풍의 슬기로운 회사 생활!

다들 이런 동료 한 명쯤 있을 거다.

퇴사 후 한참 지나서야 빈자리를 발견했지만,

도저히 이름이 생각나지 않는 사람 말이다.

사회생활을 처음 시작할 때는 사람들의 주목도 받고 사장님의 눈에도 띄고

싶어 한다. 그러면 월급도 오르고 보너스도 더 많이 받을 것 같으니까.

하지만 사회 물을 먹을 만큼 먹고 나서야 얼마나 멍청했는지를 깨닫는다.

월급은 오르지 않고 보너스도 더 많이 받지 못한다.

승진은커녕 일만 더 많아질 뿐이다. 이제는 투명 인간이 되어 아무도

나에게 관심을 가지지 않으면 좋겠다.

사장님 눈에 띄기는커녕 눈도 마주치고 싶지 않다.

일은 적으면 적을수록 좋고, 퇴근은 빠르면 빠를수록 좋다.

어릴 때는 존재감 없는 사람을 비웃기도 했는데,

어른이 되고 나서야 그게 얼마나 좋은지 알게 된다.

허약체질

소망약국

허약체질

한 달에 병가만 8번! 하루가 멀다하고 아픈 허약체질!

출근 전에 갑자기 몸이 안 좋아서 못 나오는 경우가 허다하다.

어느 날은 몸살, 어느 날은 감기! 어느 날은 배탈, 어느 날은 설사!

도대체 몸이 아픈 건지 아니면 정신이 아픈 건지

그대를 병들게 하는 건 바이러스인가, 아니면 회사인가?

전 직장 다닐 때 얼굴 보기 참 힘든 동료가 있었다.

어쩌다 오전에 마주쳤는데 반가워하기도 전에 오후에는 또 병가!

그러다 우연히 봐 버렸다, 그의 인스타 스토리!

친구와 애프터눈티를 즐기는 모습을 당당히 올린 이 친구.

생각이 없는 걸까, 아니면 그저 과거 사진을 추억한 걸까?

호기심이 생긴 나는 그가 아픈 빈도를 관찰하기 시작했다.

일주일에 정상 출근은 세 번!

그러다 보니 업무량도 절반으로 줄고, 회식도 안 가게 되고,

거기에 동료들이 걱정과 배려까지 해준다.

덕분에 남들 다 앓는 만성피로, 거북목, 역류성 식도염에 걸릴 확률은 줄어
든다.

이렇게 보니 '선천적'으로 몸이 허약한 것도 참 복이다. 탐나는군…

연기파 배우

팀장님과 사장님이 계신 자리라면 언제나 활기차고 존재감 넘치는 이들을
볼 수 있다. 마치 회사에 뼈를 묻기 위해 태어난 사람들처럼 말이다.
하지만 윗사람이 자리를 비우면 바로 투명 인간이 된다.
정말 놀라울 정도로 아무것도 안 한다. 심지어 사무실에 있지도 않다.
온오프가 확실한 이들의 스위치를 켤 수 있는 건 오직 윗사람뿐이다.

팀장인 친구에게 들었던 이야기다.
어느 날 이 친구가 외근을 나가며 한 팀원에게 일을 맡겼고,
팀원은 열심히 하겠다며 적극적이고 믿음직스러운 모습을 보였다.
그러다 놓고 온 물건이 생각나 사무실로 다시 돌아갔는데,
그제야 이 양아치 같은 놈이 모든 일을 다 남에게 떠넘기고
본인 혼자 놀고 있는 모습을 보게 되었다고 한다.

연기를 할 거면 제대로 해서
끝까지 속여 빈틈을 보이지 말아야 진정한 배우지.

간쟁이

거미줄이 쳐질 뻔한 공석을 간신히 메꾸게 될 때는
아무래도 새로 들어올 사람에게 더 많이 기대하게 된다.
하지만 기대가 너무 큰 탓인지 항상 빌런 같은 애들이 들어온다.
그중에서도 간잽이 빌런이 최악이다.

출근 첫날부터 무슨 현장 실사를 온 것처럼 여기저기 둘러보기만 하고
둘째 날에는 적응을 핑계로 마우스만 만지작거리다
셋째 날에는… 18! 말도 없이 안 나온다.
마음에 안 드는 게 있으면 미리 언질이라도 해주면 어디 덧나나?
계약서 잉크가 마르기도 전에 이렇게 가버린다고?

요즘은 회사 깐보는 게 유행인지 이런 경우가 한두 번이 아니다.
몇 명이 내리 출근과 동시에 퇴사를 해버리니
이 정도면 회사가 문젠가 싶다. (나중에 생각해 보니 그런 것 같기도 하다)
그렇다면 나는 무엇 때문에 한 치의 흔들림 없이
회사에 끝까지 남아 있는 걸까?

트러블메이커

도대체 잘하는 게 뭐야? 아, 사고를 잘 치지!
주어진 일을 아무 사고 없이 한 번에 끝낸 적이 없다.
아무리 쉬운 일, 단순한 일, 루틴한 일일지라도
그들 손에만 가면 어려워지고, 복잡해지고, 헬이 된다.

장난이 아니라 정말 이런 말도 안 되는 트롤 짓을 하는 애들이 있다.
어떤 포지션에 가든, 어떤 업무를 맡기든 무조건 망친다.
자료 출력조차 똑바로 하는 법이 없고
자료 검수를 맡기면 오히려 오타를 내고
타 부서와의 협업을 시키면 그중 반은 적으로 만들어버린다.

그중에서도 본인은 잘못이 없다고 생각하는 게 최악이다.
세상 사람 다 자기만 미워한다는 피해의식으로
본인이 직장 내 따돌림을 당하고 있다고 생각한다.

저기요! 노력만 한다고 되는 일이 아닙니다!
회사 올 때 제발 지능도 좀 챙겨와 주세요! (아니면 차라리 출근하지 말든가!)
그러면 이 세상은 그대로 인해 더 아름다워질 것입니다.

앵무새

"여러분의 의견에 전적으로 동의합니다. 많은 감명을 받았습니다. 특히 이번 case의 기획 방향과 클라이언트의 product와 idea에 있어 그리고 그 연결에 있어 좀 더 다른 무언가를 느꼈기에 앞으로가 매우 기대됩니다…"

얼핏 들으면 그럴듯한 말이다.

하지만 곱씹어보면 내가 대체 뭘 들은 거지 싶다.

사회생활을 하다 보면 생각보다 자주 만나는 부류다.

이들과 직접 소통하는 것도 최악인데

더 최악은 이들과 함께 외부 미팅을 나가는 일이다.

이들의 발표는 다른 사람이 방금 말한 내용의 요약으로 시작하고

의미 없는 단어들의 나열로 마무리된다.

듣고 있는 사람으로 하여금 머리에 온통 물음표로 가득 차게 만든다.

이것도 재능이다.

한 마디를 열 마디로 늘어놓는 일이 어디 쉬운 일인가.

하지만 지나친 미사여구로 인해

본인도 핀트를 못 잡는 경우가 허다하니 듣는 사람은 오죽하겠는가.

심지어 상대가 했던 말을 반복해서 마치 본인 의견인 것처럼 행세한다.

정말 상상만 해도 소름이 돋는 부류다!

CHAPTER
2

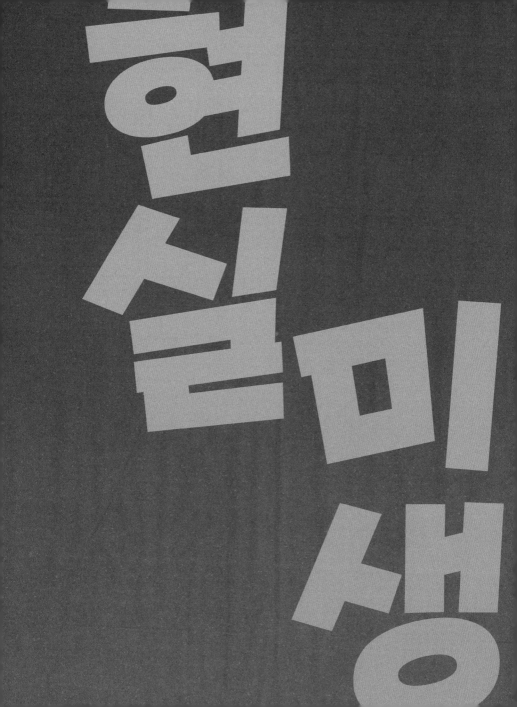

오늘 퇴근하고 우리 집 애 픽업 좀 해줘
가는 길에 저녁도 챙겨주고 와

넵

집에 가서 샤워부터 시키고
잠들 때까지 동화책도 좀 읽어줘

쌍!

노예 계약

잠이 오지 않는 사장님이 새벽 3시에 톡을 보낸다면 그 순간부터가 내 근무 시간이다.

퇴근 후에는 사장님 대신 개도 산책시키고, 공과금도 납부하고, 심지어 아들내미 학교 준비물까지 챙기곤 한다. 이건 뭐 사장님 집에 살지만 않았지, 노예가 따로 없다.

사장은 종종 '급여로 우리의 시간을 샀다'는 가스라이팅을 한다. 24시간 전천후 대기! 전화와 문자는 신속하게 대응! 심지어 퇴근 후의 스케줄까지 사장님이 결정해준다.

그렇다, 한때 우리를 기쁘게 했던 합격통지서가 사실은 노예 계약이었다. 아니, 어쩌면 노예 계약보다 못할지도…

힘든 시기엔 서로 돕고 사는 거야~
인건비부터 좀 줄여야 하니까
자네 연봉 50%만 삭감할게

힘든 시기엔 서로 돕고 사는 거죠~
인건비 확 줄여드릴게요,
저 오늘부로 퇴사하겠습니다.

동고'독'락

사장 특: 기쁨은 혼자, 고통은 함께.

회사 사정은 그렇게 봐달라면서, 내 개인 사정은 전혀 봐줄 생각이 없는 회사. 연차 한 번 내기가 하늘의 별 따기보다 어려운 회사. 온갖 핑계를 다 대가며 승인을 미루고 또 미루고, 심지어 백신 맞는 것도 개인 연차를 차감한다.

"자네들은 참 복도 많아. 요즘 같은 불황에 이렇게 다닐 회사도 있고 말이야. 취업 못 하는 사람 널린 거 알지? 그러니까 잘해~ 항상 감사하는 마음으로 다니고! 경기가 이렇다 보니 올해는 연봉 동결로 가자. 내년에 상황 좀 풀리면 올려줄게. 승진도 그때 가서 보자. 원래 어려운 시기엔 서로 돕고 사는 거야. 나중에 내가 잘 챙겨줄게!"

다 개소리다. 이딴 말을 하는 사장치고 어려운 시기를 넘겼다고 챙겨주는 경우를 못 봤다. 끝까지 죽는 소리 할 게 뻔하다.

내가 생각하는 유능한 사람의 역할

좋아 좋아, 일 잘하는구먼
그럼 이번 발표 자네가
한번 맡아서 해볼래?

사장이 생각하는 유능한 사람의 역할

좋아 좋아, 일 잘하는구먼
그럼 다른 사람 일도
자네가 하면 되겠다!

유능유죄, 무능무죄

"XXX는 항상 저보다 먼저 퇴근하는데, 왜 자꾸 저한테만 일을 시키시나요?"라고 물어보면, 돌아오는 대답은 늘 "자네가 유능하니까 그렇지~"이다.

유능하면 일을 더 많이 하게 되는 아이러니한 직장생활. 높은 업무 효율로 업무량은 남들의 세 배, 사장님이 특별히 '신임'하고 있으니 타 부서 일까지 맡게 되는 경우도 있다.

혹시 돈이라도 더 많이 받냐고? 놉! 인사팀 말로는 어쨌든 다른 사람과 근무 일수가 같으니 규정상 따로 챙겨줄 수 있는 부분은 없고 '인정'이라는 정신적인 보상은 얼마든지 해줄 수 있다고 한다. 이게 말이야 방구야?

그 후로, '눈에 띄지 않기'는 내 회사생활의 철칙이 되었다.

난 꼰대가 아니야, 언제나 오픈마인드로
여러분의 의견을 들을 준비가 되어 있지!

자녀들 의견엔 설득력이 없어,
역시 내가 결정하는 게 낫겠어.

사장님은 답정너

한때는 회사를 변화시키고자 했었다. 하지만 아무리 열심히 회의하고 치열하게 토론해서 기발한 아이디어와 방법을 내놓아도 사장님의 답은 늘 정해져 있고, 결국 바뀌는 건 아무것도 없었다.

참신한 아이디어를 요구할 줄만 알고 받아들일 생각은 없는 답정너 사장님. 누구나 혁신과 변화를 원하지만, 현실은 드라마가 아니기에 일개 사원 나부랭이가 제아무리 발버둥을 쳐봐야 아무것도 바뀌지 않는다. 어차피 내 회사도 아닌데, 나도 이제 모르겠다~

"내가 사장이라 내 말대로 하자는 건 절대 아니고~ 자네들 아이디어가 너무 진부해서 그렇지!"

사장님은 언제나 옳다

어느 회사나 존재하는 아첨꾼은 대체로 직급이 좀 있는 사람들이다. 회의 시간에 따로 의견은 내지 않고 그저 여기저기 분위기를 살피다 사장님이 하는 말에 맞장구를 치기 바쁘다. "옳습니다", "맞습니다", "그렇고 말고 요". 마치 본인들도 처음부터 그렇게 생각했던 것처럼 말이다.

사실 사장님이 '답정너'가 된 걸 사장님만 탓할 수도 없는 노릇이다. 사장님이 '나는 잘났어, 내가 최고야!'라는 착각을 하게 만든 작자들, 이들의 잘못도 분명히 있다.

세상에서 제일 착한 사자는?

자원봉사자! 허허허~

하하 사장님 진짜 재밌으세요……

이런 센스는 어디서 나오는 거예요?

허허허

다음에 또 들려줄게

아, 현타 오네

메소드 연기

사회생활을 하다 보면 영혼을 파는 일이 종종 생긴다. 근데 어째 짬이 찰수록, 급이 높아질수록 그 빈도가 점점 더 늘어나는 것 같다. 사장님의 썰렁한 아재 개그, 휴일에 보내온 등산 사진… 우리 같은 월급러가 과연 읽씹 할 수 있을까?

'확인했습니다!'
'공유해 주셔서 감사합니다!'

단톡방에 올라온 사장님의 '오늘의 명언'에 저마다 메소드 연기를 시전하며 호응한다. 이렇게까지 해야 하나 싶지만, 어쩔 수 없다. 그분이 기분 좋아야 모두가 편하게 일할 수 있으니까.

만약 나에게 회사는 뭐 하는 곳이냐고 묻는다면, 나는 1초의 망설임도 없이 '연기학원'이라고 답할 것이다.

일 많이 하면 그만큼 경험도 더 많이 쌓이니까
손해 본 거 같지만 좋게 생각하면 이득이야~

일 적게 하면 그만큼 기분도 더 많이 좋으니까
손해도 안 보고 그냥 생각해도 이득이네요~

손해 보는 게
더 이득이야

회사는 절대로 공정하지 않다. 누구는 가만히 있어도 승승장구하고 누구는 소처럼 일해도 여물조차 없다. 회사의 '소'를 자처했던 시절에 나는 윗분들에게 '손해 보는 게 더 이득이야~ 당장은 손해 본 것 같아도 사장님이 다 보고 계셔서 분명 다른 사람보다 승진도, 연봉 인상도 더 빠를 거야!'라는 식의 이야기를 자주 들었다. 하지만 아무리 기다려도 나에게 돌아왔던 건 승진이 아닌 더 많은 업무였다.

"회사에서 네 일 내 일이 어딨어~ 뭐든 하다 보면 다 피가 되고 살이 되니 배운다 생각하고 일해야지~ 이런 회사 또 없다? 돈 줘도 못 배우는 것들을 우리 회사에선 되려 돈을 받아가면서 배우고 있잖아~ 아직도 손해 봤다고 생각해? 내 말 듣고 보니 사실은 엄청난 이득을 본 거 맞지?"

만약 이 말에 동의한다면 당신은 이미 가스라이팅을 단단히 당했으니 이제 그 회사에 평생 몸바칠 일만 남았다.

나중에 나한테 고마워할 거야

"일이 좀 많지만 그래도 이것저것 다양하게 해볼 수 있어서 좋지?"
"자네가 원래 지원했던 포지션보다 훨씬 재밌지? 역시 좋아할 줄 알았어!"

공사 구분 따위는 당연히 없고, 사람 굴리는 법도 참 가지각색인 사장놈. 한 번은 나에게 자기 지인들과 즐길 크리스마스 파티를 준비하라고 시켰다. 그것도 혼자서! 그것도 새벽에! 준비를 다 마쳤을 땐 이미 해가 떠 있었고, 나는 집에 들러 샤워만 하고 곧바로 회사로 출근했다. 크리스마스에 주님 곁으로 갈 뻔했지 뭐야.

"멍석을 깔아줬으니, 이제 마음껏 실력을 보여줘~"
"이런 기회가 어디 쉽게 오는 줄 알아?"
"나중에 나한테 고마워하는 날이 올 거야."

이력서에 쓸 수도 없는 사적인 일로 직원을 부려 먹는 정신 나간 회사에 도대체 뭘 고마워하라는 걸까?

069

돈은 무슨,
경험이 중요하지!

연봉이 짠 회사는 백만 가지 이유로 직원을 낚는다.
"세상에는 연봉보다 중요한 게 많아~ 소중한 경험을 쌓는 것, 더 많은 동료를 사귀고 나만의 인맥을 만드는 것, 업무 역량을 키우는 것."

사회에 막 나왔을 땐 저런 말에 쉽게 넘어가서, 내 연봉이 낮은 건 능력이 부족한 내 탓이라 생각했다. 회사가 칼만 안 들었지, 강도나 다름없다는 걸 나중에야 알았지. 딱 최저 시급만 맞춰주고 복지는커녕 사비로 회삿돈 메꾸라는 정신 나간 소리나 안 했으면 좋겠다.
그러다 어느 날 화장실에서 똥을 싸다가 깨닫는다. 경험? 무슨 경험? 개뿔도 없잖아!

다 먹고 살자고 하는 짓인데 경험 같은 소리 지껄이기 전에 돈이나 제대로 챙겨주고 말하자.

수직적인 상하관계는 딱 질색이야!
난 직원들과 친구처럼 지내고 싶어.

사장님이 말하는데 왜 대답이 없어!
예의는 밥 말아 먹었나?

편하게 친구처럼 대해

모 기업의 대표님을 소개받아 인사를 나눈 적이 있다. 대표님은 그의 직원들과 내 앞에서 연신 아재 개그를 남발했다. 재미는 없었지만 나름 유쾌한 분이란 생각에 그의 직원들을 부러워했다. 그러다 우연히 직원들의 어색한 표정과 소울 리스 동태눈을 보았다. 부러움은 사라지고 동정과 연민, 그리고 애잔함만이 남았다.

연배가 좀 있거나 보수적인 기업의 사장님들은 본인도 드라마에 나오는 스타트업 회사의 젊은 CEO처럼, 재치 있고 센스 있는 유머로 친구 같은 사장님이 되고 싶어 한다. 그래서 일부러 신조어도 쓰고 옷도 젊게 입으려 노력한다. 심지어 어디서 본 건 있어서 사무실을 아주 '힙'하게 꾸며 놓는다. 하지만 '개 버릇 남 못 준다'는 말이 딱 맞다. 말로는 편하게 하라고 하지만 회의만 들어가면 분노 조절 장애로 직원들만 더 힘들어진다.

드라마가 잘못했네!
탓을 하고 싶다면 드라마 탓을 하자!

이번에 연봉 못 올려줘도 괜찮지?

계속 노력해~ 다음에 보너스 많이 챙겨줄게!

이번에 보너스 많이 못 챙겨줘도 괜찮지?

계속 노력해~ 다음에 연봉 올려줄게!

노력은
연봉에 반영된다

"자네가 올해 열심히 한 거 알아. 그 노력, 언젠가는 보상받을 거야. 다음에는 꼭 승진 대상자에 넣어줄게. 그래도 우리 회사가 연봉 인상은 매년 하잖아?"

하지만 현실은 내 연봉 인상률보다 높은 물가 상승률. 연말마다 있는 사장님의 '그림의 떡' 그리기 시간. 간이고 쓸개고 다 내줄 것처럼 말하지만 절대 믿어서는 안 된다. 사장이란 작자들은 빼앗으면 빼앗지 더 주는 법은 없으니, 퇴사라는 카드를 꺼내야 개미 발톱만큼이나마 인상될 수 있다.

이직을 위한 노력만이 연봉에 반영된다는 걸 명심하자.

눈에 보이는 게 다가 아니야,
지금 하는 고생, 회사가 아닌
자녀 자신을 위해서 하는 거야.

손에 쥐어지는 돈이 단데요?
지금 하는 고생,
지갑 채우려고 하는 건데요?

아프니까 청춘이다!

감정 노동 강요! 가스라이팅 시전!
이 두 가지를 가장 잘하는 곳을 꼽자면 회사다.

"지금 고생한 만큼 나중에 다 보상받을 거야!"

끊임없이 이어지는 희망 고문. 직장 내 괴롭힘도, 초과 근무 도, 불합리한 처우도 모두 '아프니까 청춘이다!'라는 말로 합리화하는 곳.

"라떼는 말이야, 아침 6시에 출근하면 밤 11시가 되기 전에 퇴근은 꿈도 못 꿨어. 그저 자나 깨나 회사 생각, 회사를 위해 최선을 다했지. 자네들도 말이야, 지금 고생 안 하면 나중에 평생 고생한다~"라는 말을 자주 하던 팀장님이 계셨다.

그렇게 그분은 여전히 '빛이 나는 Solo'다.

잘 되면 내 덕
안 되면 네 탓

실수를 감쌀 줄 알고, 좋은 기회가 있으면 아랫사람부터 챙기는 것이 리더의 미덕이라고 말하고 다니던 팀장이 있었다.

어느 날 한 직원의 실수로 큰 손실이 났다. 팀 전체가 비상에 걸려 정신없이 바쁜 와중에 그 팀장만 마치 다른 세상에 있는 것처럼 태연했다. 그러다 사장님이 오니까 갑자기 급발진하며 실수한 직원을 혼냈다.

"내가 진작에 하지 말라고 했지! 그렇게 조심하라고 했는데 왜 나한테 말도 없이 멋대로 진행했어!"

모든 과정을 지켜본 나는 리더의 미덕을 논하던 그의 모습과 모든 책임을 팀원에게 떠넘기는 모습이 오버랩되어 아무 말도 할 수 없었다. 그저 대단하다는 생각뿐이었다.

서로 물고 뜯는 직장이라는 전쟁터에서, 자비는 기대하지 말자.

저 이직하겠습니다.

잘 생각해봐~
이렇게 챙겨주는 회사 또 없다?

맞아요!
이렇게 눈곱만큼만 챙겨주는 회사는
눈 씻고 찾아봐도 없겠죠.

이런 회사 또 없다

잘나가는 회사의 대표가 자기 회사에 자부심을 느끼는 건 당연한 일이다. 하지만 뭐든 과해지면 문제가 되듯 지나친 자부심은 현실감각을 잃게 한다.

회사 자랑을 입에 달고 사는 사장님이 있었다. 매일같이 다른 회사의 연봉과 복지를 후려치며 우월감을 느끼는가 하면, 다른 곳에 가면 이만한 처우 못 받는다고 이직 생각은 하지도 말라며 협박 아닌 협박을 했다. 블라인드에 들어가봤더니 딱히 다른 회사의 연봉이 낮거나 복지가 적은 게 아니었다. 회사가 나를 속인 건지, 블라인드가 나를 속인 건지, 아니면 내 눈이 잘못된 건지 헷갈렸다.

"우리 회사 복지가 업계 최고 수준인 거 다들 알고 있지? 이렇게 좋은 회사 어디 가서 찾기 힘들어. 그리고 작년에는 다들 인센티브도 두둑하게 받았잖아~"

복지? 인센티브?
지금 어떤 회사를 말씀하시는 거죠? 사장님~ 뭔가 오해가 있는 것 같네요.

회식하기 좋은 날

일이 아무리 많아도, 회의가 아무리 길어도 언젠가는 끝난다. 하지만 뫼비우스의 띠처럼 영원히 끝나지 않는 존재가 있다. 바로 업무의 연장이라 불리는 '회식'이다.

어김없이 퇴근 시간이 다가오자, 사무실로 들어오는 망할 사장놈.
"다들 오늘 약속 없지? 맛있는 거 먹으러 가자. 오늘은 내가 살게!"
갑자기 싸늘해지는 공기… 온도… 그리고 습도… 사람들은 하나둘씩 들었던 가방을 다시 내려 놓고, 핸드폰을 꺼내 잡아둔 약속과 예약했던 미용실을 취소한다.

같이 저녁 먹을 친구도, 집에 가면 반기는 가족도 없는 건지, 사장들은 왜 하나같이 다 회식을 좋아하는 걸까?
저기요, 사장님? 미안한데, 너 빼고 다 바쁘세요.

CHAPTER
3

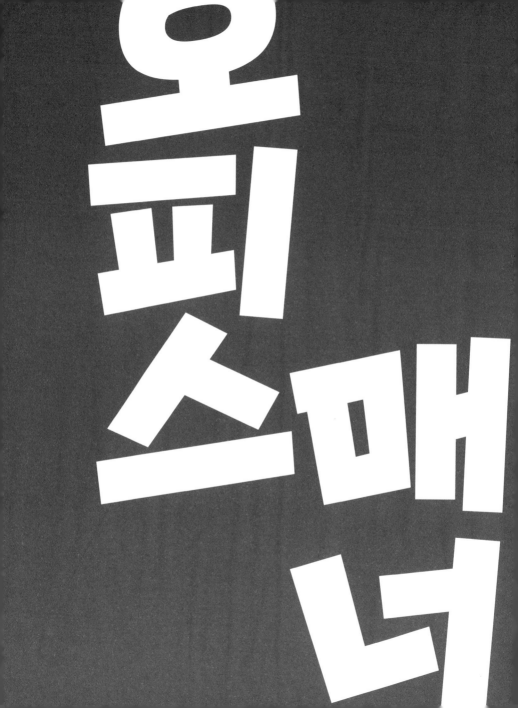

단톡방

단톡방의 발명으로 월급러들은 죽을 지경이다

이제는 감정 노동을 강요하는

사장님의 전용 창구가 되어 버린 단톡방

개발자들도 예상 못했겠지?

금요일

토요일

일요일

18! 일요일은 좀 쉬자!

팀워크

어느 조직이든
한없이 희생만 하는 사람이 있는가 하면
자기밖에 모르는 사람도 있다

바쁜 하루…

수빈 씨!
와서 이것 좀 같이 해요!

1 2
3 4

아…
죄송해요, 저도 지금은 좀 바빠서

곧 점심시간이라
도시락 좀 데워야 하거든요!

승진

승진에도 다양한 방법이 있다

최선을 다해 일하거나

최선을 다해 예뻐지거나

이번에 들어온 신입이야,
다들 인사해

안녕하세요!
잘 부탁드립니다

1

보고서 쓰는 법
알려드릴게요

죄송해요~
지금은 좀 바빠서

2

3

신입,
잠깐 와봐

바로 갈게요~
사장님

4

신입이 이번에 팀장으로 승진됐어
다들 박수~

사무실 냄새

세상 모든 사무실에서 나는 냄새가 있다
에어컨의 냄새도 사무용품의 냄새도 아닌
일명 '죽음의 냄새'

사무실에서 식물 키우는 것도 나쁘지 않네~

힐링도 되고, 좋다!

1

다음날

왜 죽었지!

하나 더 키워봐야겠다!!

2

3

4

다다음날

왜 또 죽었지!

물 꼬박꼬박 줬는데!

그만 포기하세요~

우리 사무실은 어둠의 기운이

너무 강해서 식물 못 키워요

!

전문가

회사 생활을 하다 보면 어김없이 마주치는 부류가 있다

전문가인 듯 전문가 아닌 전문가 같은

프로 문외한, 프로 월급 루팡

회사 욕

도대체 우리 회사에는 왜 쓸모없는 인간들과 기생충뿐이지?

잠깐! 설마… 야나두?

'왜 우리 회사에는 바보들밖에 없을까?'
라는 생각을 자주 한다

'혹시 우리 회사 인재상이 바보인가?'
라는 합리적인 의심마저 들었다

회사 욕이나 하려고
게시판에 글을 올리려다 문득

나도 우리 회사 직원이라는 사실을 깨달았다

아가리 전문가

전문가 중의 전문가는 '아가리 전문가'

이들 앞에서 대학 4년간 우리가 한 공부는 무용지물이다

자네 전공이 디자인 아니었나?
내가 눈 감고 그려도 이것보다는 잘 그리겠다!

1

자네 전공이 마케팅 아니었나?
내가 발로 써도 이것보다는 잘 쓰겠다!

2

3

자네 전공이 회계 아니었나?
내가 암산해도 이것보다는 빠르겠다!

사장님 참
다재다능하시네요~

4

그럼~ 내가 배운 적은 없지만
전문가나 마찬가지지

그사세 절약

우리가 알고 있는 절약과
너무나도 다른 부자들의 '절약'

개떡과 찰떡

늘 개떡같이 말하는 팀장,

찰떡같이 알아들어야 하는 건 우리의 몫

최대 고민

하루 중 가장 큰 고민은
보고서 작성도 끝나지 않은 회의도 아니다
바로 점심 메뉴를 정하는 일이다!!!

104

스케줄 근무

직원의 개인 일정을

가장 많이 묻는 것도 회사

가장 배려 안 하는 것도 회사

언제나 '우연히'

공정하고 투명한 우리 회사
외주 줄 때도 공사 구분은 확실하게 한다!
물론 언제나 마침, 우연히, 공교롭게도
답은 정해져 있지만…

3 | **4**

상담

회사생활 하면서 힘든 부분이 있으면

언제든 상담해준다는 인사팀

하지만 누가 누굴 상담해주는 건지 헷갈릴 때가 많다

저… 혹시…
제가 요즘 힘든 일이 좀 있는데…
상담 신청해도 될까요?

물론이죠,
이쪽으로 오세요

상담실

1

제가 팀에서
소외당하고 있는 것 같아요.

아, 그러셨구나!

2

3

예전 생각이 나네요
저도 막 입사했을 때…

4

사람들한테 미움받았거든요!
흑흑… 흑흑… 흑흑…

에라잇!

좋게 좋게, 미리 미리

일이 많은 것도 다 복이거니

어차피 해야 할 일

나중을 위해 미리 한 거라고 좋게 좋게 생각해

112

사장님~ 이것 좀 보세요
요즘 제 업무량이 너무 많은 거 같아요...

1   2

어차피 해야 할 일인데
나중을 위해 미리 한 거라고
좋게 좋게 생각하자고!

그러면 어차피 줘야 할 월급
다음 달 월급도 좋게 좋게
미리 주시는 건 어떠세요?

!!!

담타

옆자리 직원은 늘
담배를 피우러 갔거나, 피우러 가는 중이다
큰일을 보러 갔거나, 큰일을 보러 가는 중이다

소문 들었어? 혜진 씨가 근무 시간에
계속 담배 피우러 간대!

저 봐 저 봐! 또 담배 피우러 간다

혹시 혜진 씨 퇴사했어?
왜 자리가 비었어?

사장님이 자리를 아예
흡연실로 옮겨버렸대!

회의

회사는 회의는 연속이다

회의만 하다 하루가 다 간 경우도 많다

자리가 사람을 만든다

'근묵자흑'이라는 말처럼

바보와 가까이 지내면 멍청해지고

사장과 가까이 지내면 썩는다

118

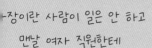
-장이란 사람이 일은 안 하고
맨날 여자 직원한테
집적대기만 하네
으 저 개저씨…

우리 미쓰김~

그렇게 말이야!

난 절대 저러지 말아야지

1 **2**
3 **4**

인사발령 당일

승진시켜 주셔서 정말 감사합니다!
앞으로 사장님을 더 잘 따르겠습니다

어휴 저 개저씨들

우리 미쓰김~

간단

어쩌면 당신이 생각한 간단이
누군가에겐 이해할 수 없는 복잡함일 수도…
어쩌면 당신의 생각보다
훨씬 더 단순한 누군가의 대가리…

야근 이틀째

그건 안 시켰잖아요

제대한 지 얼마 안 됐는지

시키는 것 '만' 하는 부류가 있다

그럼 퇴근 안 시키면 집에도 안 갈 생각인가?

말만 해

어려운 일 있으면 언제든 말해!
근데 그냥 말만 하라는 거지
해결해준다고는 안 했다

124

CHAPTER
4

사장님이 보너스 주신대!

안 가볼 거야?

응… 귀찮게 하지 말고 저리 가…

제발 나 좀 내버려 둬
사회생활 꼭 해야 해?

사회생활은 반드시 해야 하는 걸까?

만약 승진에 대한 욕심이 있다면 반드시 해야 한다. 그것도 아주 잘.

'묵묵히 자기 할 일을 잘 하다 보면 언젠가는 알아주겠지'라는 착각은 이제 그만! 회사는 그런 곳이 아니야!

출세하고 싶으면 사장님 눈에 들도록 더 크게 리액션하고, 더 열심히 박수를 쳐라!

그지같은 회사,
퇴사할 때 똥 싸지르고 갈 거야!

침... 침착해,
월급 아직 입금 전이야!

그냥 하고 싶은 대로 하면 안 돼?
유종의 미가 그렇게 중요해?

그동안 감사했습니다
기회 되면 또 봬요~

안... 안녕...

'아름다운 사람은 머문 자리도 아름답다'는 말이 있듯이 다시 만날 일이 없
더라도 좋게 끝맺는 것은 매우 중요하다. 다 먹고살자고 하는 일이니 죄는
미워하되 사람은 미워하지 말 것…
그동안 사람 좋은 척 실컷 해왔는데 마지막에 똥 싸지르고 가면 아깝잖아?

일이 인생의 전부가 아니잖아
워라밸 지켜~

'나는 이 회사에 **뼈**를 묻어야지'

'나는 반드시 모두에게 인정받을 거야'

'이거 다 하고 퇴근해야지'

이런 생각을 자주 한다면 혹시 '성취감 중독'이 아닌지 의심해보자. 일이 인생의 전부가 아닌데 자기 자신을 너무 몰아붙이지 말자. 그런다고 회사가 우리가 기대하는 만큼 인정해 주지 않으니까. 혹시 우리의 소중한 시간이 모두 회사를 위해 쓰이고 있지는 않은지 체크해보자. 잊지 말자, 우리가 하루 8시간 죽어라 일하는 이유는 남은 16시간을 충분히 행복하게 보내기 위해서야!

신경전,
아닌 척해도 티 나기 마련

고생이요? 저는 아닙니다~

물론 제가 야근도 더 많이 하고, 힘들어 죽을 뻔했지만!

누구처럼 연애도 하고 놀러도 가고, 뭐 그런 시간 따위는 없었지만

분명 더 고생하셨으니까 승진하신 거겠죠!

사실 무슨 고생을 하셨는지는 모르겠지만… 뭐 제가 못 본 곳에서 열심히 하셨겠죠!

괜찮아요… 저 정말 괜찮아요, 저 아무렇지도 않아요…

'사촌이 땅을 사면 배가 아프다'라는 속담도 있듯이 시기와 질투는 인간이라면 누구나 쉽게 느끼는 감정이다. 회사 생활도 마찬가지다. 보너스부터 승진 속도까지 나도 모르게 남과 이것저것 비교하게 된다. 그러나 이럴 때일수록 '근자감'이라도 좋으니 늘 내가 최고라는 자신감으로 일에 몰두해 보자. 그러다 보면 어느새 남과 비교할 생각은 사라진다.

왜냐하면, 내 할 일도 겁나 바쁘니까!

남을 짓밟고 올라가는 게
그렇게 나빠?

저기요
당신을 짓밟아봤자 딱히 높이 올라가지도 못하거든요!

어느 회사든 잘나가는 사람이 있으면 그렇지 않은 사람도 있는 법이다. 그런데 열심히 일해서 승진에 욕심내는 것도 남을 짓밟는 일로 봐야 하나? 이런 생각은 보통 루저들이나 한다. 왜 출세한 사람은 반드시 누군가를 짓밟았을 거라고 생각할까? 노력으로 얻은 결과일 수도 있지 않을까? 남이 잘되는 꼴을 못 보는 사람은 어디든 존재한다. 하지만 제발 자신의 능력 부족을 남 탓으로 돌리지 말자. 솔직히 말해서 짓밟고 싶어도 급이 되어야 짓밟지.

'너' 같은 루저들은 짓밟아도 딱히 높이 올라가지도 못한다고!

잔혹한 직장의 세계
나도 흑화되어야 하나?

직장이 얼마나 잔혹한 곳인지를 알기까지는 그리 오래 걸리지 않을 거다. 방심하는 순간 어느새 선배의 총알받이가 되어 있거나 후배들 뒷담화의 중심이 되어 있다. 그렇다면 나도 맞다이로 들어가야 할까? 물론이다! 직장은 혼자 고고한 척한다고 살아남을 수 있는 곳이 아니니까!

그렇다고 똑같은 사람이 되라는 뜻은 아니다. 자기 자신을 지킬 방패 정도는 만들자는 거지. 빠른 눈치와 상황 판단 능력을 키워 선수를 치거나, 때로는 적당한 반격으로 '쟤 건들면 안 되겠구나'라는 신호를 보내자!

취직이 무슨 소개팅 앱도 아니고
또 나만 진심이지?

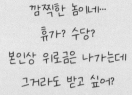

깜찍한 놈이네…
휴가? 수당?
본인상 위로금은 나가는데
그거라도 받고 싶어?

사장님… 면접 볼 때 말씀하셨던
휴가랑 수당은요?

면접 볼 때는 온갖 달콤한 말로 꼬드기더니 이제 잡은 물고기라 이건가? 취직할 때 정신 똑바로 차리자! 세상에 공짜는 없다. 누구나 일은 적게 하고 월급은 많이 받고 싶어 하지만, 가족 사업이 아닌 이상 그런 꿀 보직은 없다! 그러니 현실적으로 회사 조직과 직무에 대해 상세히 물어보고 면접관의 인상과 태도를 살피는 것이 더 도움될 거다. 공수표 따위에 쉽게 넘어가지 말자!

팀장은 정이 '너무' 많고
팀원은 정이 '너무' 없다

어… 어디가…

끝나고 회식하자~

내가 살 테니까 가지 마…

팀장은 욕심을 버리고, 팀원은 선을 지키자. 직장에서 진정한 우정? 그런 건 기대도 하지 말자!

가족 같은 회사가 다 족같은 이유를 생각해보자. 정이 없는 게 아니라 선을 지켜야 하는 거다. 팀장 없는 단톡방이 있는 건 다 이유가 있다. 팀장들아, '정'에 대한 집착은 이제 그만! 포기할 건 포기하고 일에 집중하자!

내가 말했지! 이 정도는 별거 아니라고

일이 다 그렇지 뭐~

생각하기 나름이니까 좋게 좋게 생각해…

남의 문제는 이성적
나의 문제는 감정적

남의 연애는 전문가처럼 분석해주는데 막상 본인이 이별하면 하늘이 무너진 것처럼 천년만년 괴로워한다. 남의 일은 핵심을 꿰뚫어 보지만, 막상 본인 앞에 닥치면 우유부단 주저주저 고민 또 고민. 이것 또한 본인의 실수를 인정하지 못하는 괜한 자존심이자 '내로남불'의 일종이다!

이제부터라도 변명과 핑계는 집어치우고 다른 사람의 의견을 들어보자. 때로는 쓴소리도 들어가며, 좀 더 자신에게 솔직해지자!

퇴사하겠다는 말만 백만 번
도대체 나는 무엇 때문에
망설이고 있을까?

그만두겠다고 한 사람 중 정말 그만둔 사람이 몇이나 될까? 어떤 사람은 하도 얘기해서 이제는 그냥 말버릇이 되었고, 어떤 사람은 당장 컴포트존 에서 벗어날 용기가 없는 거고, 어떤 사람은 말이라도 해서 그냥 스트레스 나 푸는 거다. 당신은 어떤 타입인가? 다시 취직하자니 막막해서? 조건 맞 춰주는 회사를 찾기 어려울 것 같아서? 새로운 환경에 적응하기 힘들 것 같아서?

이런저런 복잡한 생각 집어치우고 그냥 심플하게 스스로에게 물어보자.

'나는 지금 행복한가?'

147

우리 우정 영원히~

회사도 같이 다니자~

친구와 같은 회사를 다녀도
정말 괜찮을까?

이 개XX야!

네가 뭔데 날 평가해!

멍청한 XX랑은 도저히 같이 일을 못 하겠다

야, 오늘부터 손절이야!

친구와 직장동료가 될 수 있을까? 안 될 것도 없지만 대신 조건이 있다. 공과 사를 완벽하게 구분해야 한다. 하지만 과연 그런 사람이 몇이나 될까? 그래서 안 좋게 끝난 경우가 허다하다.

일할 때는 사적인 감정을 완전히 배제하고, 퇴근 후에는 다시 둘도 없는 친구가 되어 술 한잔하는 게 말처럼 쉽지 않다. 사이가 좋다고 꼭 일까지 같이 해야 할까? 굳이 해야 한다면 친구와 사이가 틀어지는 걸 감수할 깜냥이 될 때 하자! (어쨌든 난 못 해)

매번 남의 똥만 치우는 나
거절해도 되는 걸까?

내일까지 끝내야 할 프로젝트야!
자네도 와서 같이 마무리 지어!!!

네! 두 분 인생도 같이
마무리 지어드릴게요!

맨날 사고만 치는 동료. 소방관도 아닌데 왜 급한 불은 항상 내가 꺼야 하는 걸까? 일 잘하는 것도 손해가 되는 직장생활! 물론 급한 일, 힘든 일은 도와줄 수 있다. 하지만 모든 부탁을 다 들어줄 필요는 없다. 가끔은 모른 척, 돔황챠를 하는 것도 사회생활의 필수 스킬이다.

마감을 넘기든 프로젝트를 망치든 이 또한 당사자가 감당해야 할 몫이다. 욕먹을 짓을 했으면 욕을 먹어봐야 정신을 차린다… 이런 놈들은 호의가 계속되면 둘리인 줄 안다.

호영 씨는 30년 동안 매일같이 야근하고
회사 발전에 크게 기여했으니
내년에 차장으로 승진할 거야

축하드립니다…

승진은 과연
외모순일까, 능력순일까?

진주 씨는 이제 출근 3일 차지만,
외모가 출중하니 존재 자체가 힐링이여~
진주 씨 내일부터 부장 달아

. . . . .

. . . . .

남자 사장 눈에 들면 빽이 바뀌고 여자 사장 눈에 들면 차가 바뀐다는 말이
있듯이, 우리는 지금 '얼굴이 재능'인 죽일 놈의 외모지상주의 사회에 살고
있다.

하지만 아름다움을 추구하는 것은 인간의 '본능'인지라 우리도 알게 모르
게 잘생긴 선배가 지나가면 한 번 더 쳐다보고 예쁜 후배가 들어오면 좀 더
친절하게 대하잖아?

차이점이라면 윗분들의 '본능'이 좀 더 POWER가 있다는 점이지.

친구 같은 동료가 팀장이 되었다
나 이제 어떡해!

쉽지 않은 직장 내의 인간관계. 같은 팀원이었던 동료가 어느 날 팀장으로 승진한다면 예전같이 친구처럼 대해도 되는 걸까? 바보 같은 소리! 얼른 새 친구를 찾아야 한다!

말로는 승진을 축하한다지만 속으로는 '네가 나보다 잘난 게 뭔데'라고 생각하잖아, 안 그래?

지난 관계에 연연해하며 내 편의를 봐줄 거란 기대는 금물!

그런 요행을 바라는 마음이 오히려 우리를 더 힘들게 할 뿐!

꿈이 밥 먹여주나?
꿈을 좇는 건 잘못된 걸까…

전공도 살리고 꿈도 이룰 수 있는 직업을 누구나 갖고 싶어 한다. 특히 사회 초년생들은 꿈에 대한 열정 하나로 무모한 도전을 하는 경우가 많다. 들끓은 청춘이라면 당연한 일이다. 다양한 도전을 해가며 자신에게 가장 잘 맞는 일을 찾는 것도 하나의 방법이니 말리지 않겠다. 하지만 만약 입에 풀칠도 못 하게 생겼으면 그만 손절매 하자. 경제적 자유가 뒷받침되지 않는 한 평생 꿈만 좇을 수는 없는 노릇이다.

꿈도 달릴 힘이 있어야 좇는다!

CHAPTER
5

월급 40개월치인 연말 보너스는 없지만
40년 상환 주택 담보 대출은 있다

그리고 카드값도···하하

일은 바쁘고
사장은 짜증 나고
동료는 거지 같고
회사 뽑기 운
더럽게 없는 나

근데 다른 데
가도 똑같음

누구는 연말 보너스가 40개월치 월급이라던데
나는 보너스 대신 40년치 빚더미 인생···

팀장님 하는 말이 도무지 이해가 안 되는데
분신사바라도 해서 물어봐야 하나?

분신사바 분신사바 나 좀 도와줘

휴일이라고
푹 쉴 수 있을 거라는
기대는 하지 말자
사장놈이 시도 때도 없이
전화를 할 거니까

따르릉- 따르릉-

보자 보자 하니까!
내가 짬통으로 보여?

쌍

졸업이 내 꿈의
시작점이라 생각했다
그러나 현실은
악몽의 시작이었다

행복한 삶에서의
졸업을 축하해

남의 휴가를 함부로 방해하는 자는
지옥에서도 가장 고통스러운
무간지옥행이다

연휴 써야지~
빠이

직장에서
중요한 건
실력이 아니다
'될놈될'이라고
팔자 좋은 놈은
못 이겨

그러니 노력 왜 함?

누구는 출근해서 꿀 빨고
누구는 새벽부터 사장 콜…

능력 없는 사람은 오냐오냐
능력 있는 사람은 잡초 취급

잡히면 초상

저승의 문은
이미 닫혔는데
우리 회사 사람들은
왜 아직도 안 갔어?

제발 누가 좀 데려가줘

장작에 불을 피운 순간
회사부터 불태워버릴 생각을 했다

미쳐가는 중

잘못된 선택
잘못된 만남
회사 한번
잘못 들어갔다
말아 먹고 있는
내 인생

인생은 지뢰밭

직장 생활은 복불복 해적룰렛과 같다
자칫 잘못하면 벌칙 당첨이다

매일 출근해서
급한 불만
끄고 있다
이럴 거면 그냥
불타버려라

18

응집력 같은 소리 하네
직장은 '돈집력'이다

돈이 있어야
일이 돌아간다

사장님은 회사에 주인의식을 가지라며 야근 수당을 신청하지 말라고 한다
주인의식 말고 그냥 주인 시켜줄래 사장놈아?

자기 기분
내키는 대로
칭찬했다
모욕했다 하는
사장놈

사회성 제로

바보랑 일하면 될 일도 안 된다
일머리를 구워 삶아 먹었나

18

대다나다 정말!

회사에는
썩은 동료들이 많다
마치 썩은
망고처럼

구린내 진동

우리는 다
회사의
장기 말이다
동료는
졸이고
나는
포다

신의한수

솔직한 것과
싸가지 없는 것은
엄연히 다르다
삐딱한 태도에
사람 속을 긁는
말투까지

네가 선인장이냐

동료가 일하는 거
보고 있으면
공포영화 클리셰가
따로 없다
하지 말라는 짓만
골라서 한다

죽고 싶어 환장했나

이런 사람 특:
'내가 좀 솔직한 편이라 그래, 다른 뜻은 없어'라는 말을 달고 산다.
지랄! 그게 그 뜻이야!

직원들은 간이 썩었고
사장님은
마음이 썩었다

누가 더 썩었는지
대결하자!

회사라는
거친 바다에서
유일한 살길은
퇴사

얼른 도망쳐

능력도 없고
양심도 없는데
어떻게 그 자리까지
올라간 거야?

팀장이든
사장이든
시장이든
I Don't Care

감사합니다

팀장님은
강력본드보다도
지독하다
연휴 4일 내내
연락이 끊이질 않네

휴가 쓴 의미가 없다

직급이 높을수록 지능이 낮고
권력이 셀수록 양심이 없다

오늘 사표를
내지 않으면
내일 보게
되는 것은
부고다

해방이라는 호상

거지 같은
업무는
조커 잡기와
같다
내 손에서
터지기 전에
얼른 넘겨야지

헤헤~
네가 걸렸네

 회사 다니면서 '이러다 죽겠다'라는 생각이 든 적 있어?
나는 있어, 그것도 매 순간!

사장님은
회사를
연인처럼
생각하랜다
이런 연인이라면
접근금지신청을
하겠다

미저리 같은 연인

불경 성경
코란경보다
무섭고
날카로운
사장님의 신경

아미타불~ 주여~

멈출 줄을 모르는 사장님의 급발진 덕분에
주변 사람들은 모두 강제 묵언 수행 중

연휴 땐
편히 쉬라는
사장님,
자기가 다
책임지겠다는
동료

해피 만우절

회사에서
더 이상
버틸 의욕이
없을 땐
퇴사 때리고
바깥 공기
마시면 낫는다

제발 나 좀 보내줘!

회사에서 가장 많이 듣는 거짓말 TOP2
더 최악의 거짓말을 들었다면 나에게도 알려줘

짜증 나는
동료는 설사 같다
싸도 싸도
끝이 없다

뫼비우스의 똥

생긴 것만 짐승 같은 줄 알았는데
알고 보니 지능도 비슷한 수준이다

트롤 팀원은 좀 꺼져

날 깨어 있게
하는 건
커피가 아니라
멍청한 동료를
죽이고 싶은
정신력이다

I love my job!

너한테
말할 바엔
소 귀에 경을 읽지
못 알아듣는 거니,
아니면
안 들리는 거니?

출근할 때
귀도 좀 달고 와줘

백번 말해도 그대로인 이유는
귀가 없어서야, 아니면 뇌가 없어서야?

매일같이
야근하는데
이렇다 할
성과는 없다
누가 봐도
시간 때우며
야근 수당
삥땅 치는 쓰레기

너 말이야 너

똥 덜 싸고
나온 것 같은
느낌이라고?
그 똥 다
네 머리에
남아 있어

잔변감 어쩔

야근 시간을 야식 시간으로 알고 있는 게 분명해

멍청한 동료는
답이 없다
대체 머리에
뭐가 들었는지

엉망진창

오피스 빌런은
바퀴벌레와
같은 존재다
죽여도 죽여도
계속 나타난다

물러가라!

본초강목에도
처방이 없는
뇌절병

내 동료는
모두 뇌절 말기

입만 열면
멍멍이 소리
걸레를 물었으면
양치나 해

치카치카

만약 치료제가 나온다면
우리 팀원들의 약 값은 내가 낼게!

어디서 개가 짖나 했는데
알고 보니 동료가 말하고 있었네

왈왈

발암 물질이
득실득실한 회사
어쩐지
출근만 하면
온몸이 아프더라

동료라는
발암덩어리

왜 다
나한테
물어봐?
혹시 내가
무당으로
보이나?

무엇이든
물어보살?

너 정도의
금붕어 기억력이면
세상 은행
다 먹어도
효과 없다

한 마디로
'노답'

신입한테 '궁금한 거 있으면 물어봐' 금지!
자기 무덤 자기가 파는 꼴이야!

업무 처리
속도보다
병가 신청
속도가
더 빠른
동료놈

리스펙

부족하다 못해
메마른 동료의 지능
식량을 축내지 말고
똥이나 먹어라

배불리 먹어

 보고서는 세월아 네월아
꾀병 신청서는 일사천리

토요일까지
이 등신을
봐야 한다니
재수도 더럽게 없네

등신 중에 상등신

말에도 향기가
있다던데
어쩜 네 말에는
똥냄새가 나니?

지독한 그대~
지독한 냄새

망할 동료가
월요일에
연차 쓸 확률은
지나가다
차에 치일
확률보다 높다

아직 안 죽었어?

나는야 폭발물 처리반
하루가 멀다하고 동료가 심은
폭탄을 해체하지

BOOM! 그냥 다 같이 죽자!

 월요일만 되면 아픈 몸이
금요일만 되면 자연 치유

오피스 빌런은 고름 같다
손을 대면 오히려 악화된다

더럽고 냄새나

무능한 동료는
쓸모없는
짐짝과 같다

공간만 차지할 뿐

집

다 짜도 다음날이면 또 새 고름이 난다!

월요병
퇴치보다
어려운
오피스 퇴마

악귀야 물럿거라

생산 가동을 멈춰버린
동료의 뇌는 늘 방전 상태

충전 좀 해!

회사를 시식코너로 생각하는 신입
맛만 보고 맘에 안 들면 바로 가버리기

사실 부럽기도?

동료의 멘탈은 에그타르트 같다
겉바속촉 그 자체

멘탈 바사삭

어쩌면 에그타르트가 더 단단할지도?

소는 한양에 가도 소고
바보는 수습 기간이
끝나도 바보다

한결같이 무능해~

당장 저주
인형을 사서
이 멍청한 것들
없애고 싶다

태국 가서
강두술이나
배울까

회사에 다니는 동안 수천수만 번도 더 들었던 생각,
이 웬수들!!!

안 그래도 헬인
인생 난이도
방해하는
멍청한 것들 때문에
더 빡세졌네

내 인생의 막다른 길

민폐 동료는
나의 정시
퇴근을
가로막는
중앙분리대
같다

통행금지

174

멍청한 동료 때문에 오늘도 야근 각
치졸한 사장 때문에 오늘도 무료 봉사!

그 머리로
연봉 인상을
바라다니
웃다가
배꼽도 빠지고
이까지
빠질 뻔했네

야근이나 해

네 귀나 내 귀나
같은 귀인데
왜 너는
말귀를
못 알아듣니

인체의 신비

혹시 장식으로 달고 다니니?

네 입이나 내 입이나 같은 입인데
왜 너는 입으로 똥을 싸는 거니

아가리똥내

승진할 때 가장 큰 걸림돌은
멍청한 동료와 멍청한 동료다

도망쳐!

수성 역행은
점성가한테
도움이라도
청해볼 텐데
지능 역행은
노답이다

능지처참

성과는 꼴등
지각은 일등

박수~

인연은
하늘이 아니라
외모와 재능이
맺어준다

평생 모쏠 확정

팔자 탓, 별자리 탓 그만 좀 해,
탓하려면 네 멍청한 머리부터 탓해!

세상에서 가장 행복한 사람은
아무 생각 없이 사는
바보들이다

천하태평

일은
느릿느릿하면서
점심 메뉴는
잘도 정하네

밥 먹으러
회사 다니냐?

그딴 일도
제대로
못 할 거 같으면
엄마 젖이나
더 먹고 와라
제발

어른부터 되고 와

세상에서
제일 두껍고
단단한 것은
다이아몬드가
아니라
네 낯짝이다

변명은
이제 그만!

눈깔은 동태
대가리는 텅텅
영혼은
이미 세상을
떠난 듯한
동료
…

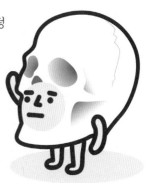

제가 한 거 아니에요, 저는 그저…
무슨 핑계가 그렇게 많아?

전생에
혹시 고구마였나
하루 종일
답답한
소리만 하네

답답답답답답

일 터지고
나한테
수습해달라고
하기 전에
네 정신머리부터
어떻게 좀
수습해봐

급한 불 끄는
소방관 절대 안 해

하늘이 재보고 있다
간신배들은
다 지옥이나 가라!

어서 빨리

회사엔 여기저기
위험이 도사리고 있다
특히 우물에 빠진
사람에게 돌을
던지는 것은
동료의
주특기다

낙석 주의!

아직도 회사가 인정 넘치는 곳이라고 생각해?
뒤에서 칼 꽂는 인간이 바로 너와 함께 오줌 싸던 그놈이다!

월요일마다 동료의 머리는 포맷된다
머릿속에 지우개가 있는 건 아닐까

뇌 용량 64mb

돼지 간은
삶아서
먹히는 운명
내 간은
혈관종
생기는 운명

흑흑흑

사장님 감사해요, 덕분에 제 간이 다채로워졌어요

일을 안 하는
꽃병 같은
존재가
되고 싶었으나
비주얼이 안 돼
요강 같은
존재가 되었다

운명을
받아들이자,
쉬이~

죽어라
쏟아부어
일해도
고마워하는 이
아무도 없다

돈이라도 벌면
말이라도
안 해

179

지구는
하나뿐이라
네 존재
자체가 낭비다
식량 낭비 공간 차지

드라마 봐도
눈물이
안 난다고?
그럼,
통장 잔고
한번 확인해봐
네 월급이
제일 슬퍼

자, 다 같이 통장을 꺼내서 10초 만에 울기 도전!

누구는
옷만 예쁘게
입어도 돈 버는데
난 몸을
갈아 넣어도
거지 신세네
똥값 목숨

휴일에는
지갑이
과다 출혈
출근하면
체력이
과다 출혈
이러나저러나
과다 출혈

초과 근무도
다 경험이니
야근 수당
없어도 된다

사장님
이런 기회 주셔서
감사합니다

청춘도
유통기한이 있다
날짜 지나면
아무도
안 찾는다

당일 섭취
권장

돈만 있으면
귀신도
부릴 수 있지만
돈이 없으면
귀신도
날 떠난다

월말을
조심해에에에에에

회사 때문에
간도 상하고
뇌도 상한다
겨우 주말 이틀
쉬어서는
회복 불가

포르말린이나
원샷 때리자!

근데 주말이라고 쉴 수 있을 거 같아?
순진하기도 하지!

소는
한양에 가도
소고
물고기는
몸을 뒤집어도
물고기다

너는 그냥 쓰레기

회사는 블랙홀 같다
내 모든
행복과
건강을
빨아들인다

아아아아
아아아아아

행복이 뭐야? 휴가가 뭐야?
뭐라고? 먹는 거라고?

태풍 때문에
채소 가격은
다 올랐는데
꾸역꾸역
출근한
내 월급은
왜 그대로냐고

대파 한 단보다
저렴한 내 시급

처음엔
꿈으로
가득했던
사회생활이
이제는 그냥
흘러가는 대로
살고 싶다

좋아요
이의 없습니다
저는 괜찮습니다
저는 다 좋아요

팔자가
꼬였다고 한들
상관없다
어차피
내 인생은
순탄했던 적이
없다

18

돈은 있을 때
자랑해야 한다
없을 때
있는 척하지 말고

Show Me The Money

내 몸과 머리는
열심히 움직이는데
내 직급과 연봉은
미동도 없네

소처럼 일할 내 팔자

야근이며 밤샘이며
하루 종일
일만 해서 굳이
아픈 척하지
않아도
앓아누울
지경이다

노예근성에는
약도 없다

183

몸에 하자가 많을수록
당신이 이 일을 사랑한다는 증거다!

초콜릿 줄
애인 없으면
남아서
야근이나 하자

평생 야근 각

뿌린 대로
거둔다고?
맞아,
노력은 우리를
배신하지 않지,
하지만
우리가 하는 건
노역이야

멍청이들아

나 같은
월급쟁이한테
오는 전화는
체납 통지 아니면
대출 전화다

따르릉- 따르릉

회사는
청춘의
무덤이다
곳곳에
시체가
널브러져 있다

원통하다

이번 달도 한도 초과라고?
어 눈곱만한 월급 때문에 저녁도 대출받아서 먹어야 해?

사람들은 회사를
뜀틀 삼아 높이
뛰어오르는데
왜 나는 그냥
높은 데서
뛰어내리고
싶지?

뭐
뛰는 건 같네

어떻게 해도
지울 수 없는
당신이
바보라는 사실

태어난 게
인생의 오점

회사를 발판으로 삼자,
지옥으로 가는 발판

사람들이
너를 비웃고
있는 거 같다고?
응, 맞아.
돈 없는
거지를
누가 좋아해

하하하하하
하하하하하하

핫팩을 붙여도
춥다
날씨가
추운 건지
마음이
추운 건지

추워서
늦잠도
없어졌다

마음이 춥다고요?
맞아요. 사회생활은 원래 살얼음판이니까요

안녕하세요, 여전히 회사의 노예인 Trashman입니다.

먼저 이 책을 읽는 데 여러분 인생의 몇 시간을 낭비해줘서 고맙다는 말을 하고 싶습니다(물론 이 책을 읽지 않아도 여러분은 인생을 낭비했겠지만요). 여러분이 이 이야기에 공감하길 바라고, 더 나아가 얻는 것이 있길 바라며, 제가 이야기하고자 했던 직장의 추악한 모습과 사회의 현실을 알게 되길 바랍니다. 앞서 여러 번 말했던 것처럼 현실은 드라마가 아니기에 기존의 틀을 뒤집고, 사회를 바꾸고, 지구를 정복하게 되는 일은 일어나지 않습니다. 우리는 평생에 걸쳐 그저 각자에게 가장 편안한 안식처가 될 곳을 찾을 뿐이죠. 이 책을 읽은 여러분이 즐거운 마음으로 직장에서의 생존 비결을 찾길 바라고, 여러분이 꿈꾸던 직장인의 모습으로 살아가면 좋겠습니다.

인생의 정답은 도대체 뭘까요? 뻔한 말이지만 그런 건 없습니다. 모든 것은 자신에게 달려 있습니다. 그러니 다른 사람의 성공에 좌절하지도 말고, 자신의 기준으로 남을 깎아내리지도 마시길 바랍니다. 자신이 있고 능력도

되시는데, 직장에 불만족스러운 부분이 있으면 빨리 바꿔보세요. 빠져나올
생각도 없으면서 늪에 빠졌다고 핑계 대지 마시고요!

세상은 넓으니, 적당히 보고, 부딪힐지 말지는 스스로 결정하시고요.
사회는 좁으니, 적당히 노력하고, 할지 말지도 스스로에게 달렸어요.

노예 여러분! 존버합시다! 그럼, 이만!

누군가 제게 봄이 무엇이냐 묻는다면 저는 벚꽃엔딩과 첨밀밀을 들어보라고 답할 것이며, 누군가 제게 직장생활이 무엇이냐 묻는다면 저는 이 책을 읽어보라고 답할 것입니다. '직장인이라면 누구나 가슴속에 사직서 하나쯤은 품고 있다'는 슬픈 이야기를 너무나도 귀엽게 표현했습니다.

회사에 다니다 보면 당장이라도 그만두고 싶은 마음이 수없이 듭니다. 하지만 우리는 언제나 자신과 가족, 연인, 반려동물, 그리고 대출 원리금과 자동차 유지비를 생각하지 않을 수 없습니다. 그러니 그저 쓰레기, 개돼지, 노예라는 자조적인 말로 스스로를 위로하며 또다시 각자의 자리에서 각각의 삶을 위해 열심히 살아갈 뿐입니다.

책을 번역하는 동안 지금까지 직간접적으로 듣고 겪은 오피스 빌런들이 떠올라 끊임없이 고개를 위아래로 끄덕이며 공감했습니다. 국가를 불문하고 직장생활은 다 똑같나 봅니다. 아니, 적어도 한국과 대만은 그런 것 같습니다. 잘되면 내 실적, ㅈ되면 네 잘못. 추악하지만 어쩌면 이것이 인간의 본성일지도 모르겠네요.

그렇다고 너무 절망적인 필요는 없다고 생각합니다. 책에는 나오지 않았지만, 회사에는 분명 존경할 만한 상사와 멋진 동료들도 많습니다. 그러니 아직 직장생활을 시작하지 않은 분들은 너무 겁먹지 말아주세요.

세상은 넓고 쓰레기는… 아니! 세상은 넓고 귀여운 사람은 많다!

퇴근 후 좋은 동료 또는 사랑하는 사람들과 밥 한 끼, 술 한잔 하는 재미를 즐기며 건강하고 행복하게 늙읍시다!

마지막으로 위스키와 후카를 즐기며 번역할 수 있는 장소를 제공한 데오클, 그리고 함께 욕먹을 공동 역자에게 고맙다고 전하고 싶습니다.

p.s. 제목『그러니까 지금 여기 계신 분들은 모두 쓰레기란 말입니다』는 영화 〈주성치의 파괴지왕〉의 명대사입니다!

경험을 쌓는다는 마음으로 일하다
결국 쌓인 건 쓰레기봉투뿐

weiweistudio

안심이 되네

있다고 생각하니까

나보다 더 쓰레기인 사람들이

나도 썩었다

남을 짓밟고 올라가는 것보다
차라리 다 같이 쓰레기 친구가 되자!

내 쓰레기 '머리띠' 좀 봐!
네 거랑 비슷하지 않아?
(신기하다!)

출근 첫날부터
티 타임을 가지다니
그대의 손에 쥐어지는
합격의 목걸이!

PAM PAM의 垃圾靜思語

이 책을 다 읽고

치유가 되었다

隔壁老王
©18

그대의 세 번째 다리로
싹 다 죽여버려!

출간 축하해!

爵爵&猫叔

我是說在座的各位都是垃圾

Text copyright © 2022 by 垃圾人

Korean translation copyright © 2024 by Dongyang books

This Korean edition was published by agreement with YE-REN PUBLISHING HOUSE

Through Linking-Asia International Co., Ltd.

그러니까
지금 여기 계신 분들은
모두 쓰레기란 말입니다

초판 1쇄 인쇄 2024년 5월 31일

초판 1쇄 발행 2024년 6월 12일

지은이 | 트래쉬맨

발행인 | 김태웅

책임편집 | 길혜진

디자인 | 남은혜, 김지혜

마케팅 총괄 | 김철영

온라인 마케팅 | 김은진

제 작 | 현대순

발행처 | (주)동양북스

등 록 | 제2014-000055호

주 소 | 서울시 마포구 동교로22길 14(04030)

구입 문의 | 전화 (02)337-1737   **팩스** | (02)334-6624

내용 문의 | 전화 (02)337-1762   **이메일** | dybooks2@gmail.com

ISBN 979-11-7210-042-1 03820